DISNEY
魔雪奇緣
FROZEN

安娜的新挑戰

新雅文化事業有限公司
www.sunya.com.hk

這天，愛莎正忙着收拾行李，準備到鄰國參加新任國王的登基大典。

登基大典結束之後，愛莎還要留下來參加晚宴，所以她要在鄰國多待一天才能回到阿德爾王國。

　　在愛莎離開期間，安娜便要暫時代替她處理阿德爾王國的一切事情了。

　　「愛莎，我擔心自己做不來啊。」安娜歎氣説。

　　「不用擔心，」愛莎把一份綁上了絲帶的卷子交給安娜，「你按着我在上面寫的方法去做，就能把所有事情處理好了。」

愛莎坐上馬車準備出發了。

「安娜，你一定能做到的！」愛莎一
邊揮手，一邊說，「你要相信自己啊！」

「我知道了。」安娜也揮着手說，「你
路上要小心，快些回來啊！」

愛莎離開後，安娜就回到自己的房間，迫不及待地拆開愛莎留給她的卷子。她很想知道愛莎在上面寫了些什麼。

　　可是安娜還沒來得及看卷子上的內容，房間外突然傳來幾下敲門聲，原來是城堡的侍衛來找安娜。

　　「安娜公主，外面發生了一些事情，需要請你來處
理。」侍衞報告道。

　　「什麼事情？」安娜問，「很嚴重的嗎？」

「有兩個農夫在城堡外面發生了爭執，」侍衛說，「他們都堅持要控告對方，所以需要請你來評評理。」

「好吧，我馬上過去。」安娜無奈地說。

「他沒有好好看管他養的雞，結果牠們全跑到我的農田裏偷吃粟米，令我損失慘重！」年輕的農夫向安娜說。

「安娜公主，請不要聽他的一面之詞，」站在一旁的老農夫説，「其實他養的牛也經常跑來我的草地偷吃草啊！」

　　兩個農夫不斷互相指責，他們都認為對方必須賠償
自己的損失，安娜覺得頭痛極了。

　　「要是愛莎在這裏就好了。」安娜心想。

　　忽然，她記起了那份還未拆開的卷子，於是連忙把
它拿出來看。

安娜只見卷子上面寫着：

有些問題真的不容易解決，但你有一顆善良的心，試着做你認為對的事情吧。

「我想到一個兩全其美的方法了！」安娜靈機一觸，脫口說道。

「你養的雞可以吃他種的粟米。」安娜對老農夫說。接着，她轉向年輕的農夫說：「你養的牛可以吃他種的草。然後，你們可以把自己所得的雞蛋和牛奶平均攤分，這樣雙方都獲得益處啊。」

兩個農夫都同意這個方法，於是高高興興地一起離開了。

　　安娜覺得很開心，她成功解決了一個問題呢！愛莎一定會為她而感到驕傲的。

可是，新的問題又來了。

奧莉娜告訴安娜，划船比賽即將開始，但其中一支船隊因一名隊員突然感到不適而未能參賽。該隊隊員人數不足，是否要宣布取消它的參賽資格呢？

安娜不知道應該怎麼辦，於是她再次打開愛莎留給她的卷子看下去：

　　我希望你沒有因為繁重的職務而感到煩悶，其實你也可以寓工作於娛樂的！

安娜想了一會兒，終於想到解決方法。
她可以加入那支船隊，與他們一起比賽！

安娜全情投入比賽，使勁地划着船。
在她和隊友的努力下，他們的船隊最終取得了第二名！

比賽結束後，奧莉娜提醒安娜，她今天要代替愛莎前去探望孤兒院的孩子。

安娜從未做過這事情，所以有點緊張。

安娜又再打開愛莎留給她的卷子，繼續看下去：
利用你最純潔的童心來盡情玩樂吧！

安娜想起了小時候跟愛莎一同玩過的遊戲。
　　愛莎說得對，安娜知道怎樣可以帶給孩子們一個愉快的下午了！

一天的工作總算結束了，安娜感到十分疲累。
不過，愛莎還有最後一個小提示留給安娜。

晚上，安娜依着那個小提示來到城堡的屋頂上。
「啊！真是太好了！」安娜驚喜地叫了起來。
原來愛莎早已為她安排了一頓豐富的户外晚餐！

　　野餐布上還有一張字條，上面有愛莎的筆跡：
　　你今天做得很好，其實你隨時都可以代替我處理這些工作了。
　　安娜倒抽了一口涼氣。她可不想每天都應付這麼多的事情呢！

安娜繼續讀下去：
但你不用擔心，我明天就會回來了。
　　看到這裏，安娜開心地笑了。她看着天上的繁星，想念着遠方的愛莎。雖然姊妹倆只是分開了一天，但安娜已經迫不及待要見到愛莎了。

DISNEY
魔雪奇緣
FROZEN

春日慶典

「我最喜歡的陽光啊，」安娜笑着展開雙臂，盡情感受着太陽的溫暖，「春天終於來到了！」

「對啊，你看，這些花兒開得多美啊。」與陽光相比，愛莎更喜歡色彩繽紛的鮮花。她一邊說，一邊摘下幾朵不同顏色的鮮花，開始編織花環。

愛莎把花環戴在安娜的頭上，讚美道：「你戴上花環後更漂亮了！」

　　「謝謝你，愛莎。」安娜不好意思地笑着說，「其實你戴上花環才是最好看呢。你還記得在我們小時候，阿德爾王國曾經舉辦過一次春日慶典嗎？」

愛莎想起來了。慶典當天，幾乎整個王國的居民都
湧到街上，大家唱着歌、跳着舞，十分熱鬧。
　　慶典的其中一個重要環節，是由王室成員帶領民眾
展開大巡遊。那一次，就是由愛莎騎着小馬領導大巡遊
的。

「當時你坐在小馬上向着大家揮手，真是威風極了！」安娜道。

　　「今年我們再舉辦一次春日慶典吧，」愛莎笑着說，「但這次將由你領導大巡遊！」

　　「真的嗎？」安娜興奮得跳了起來，「太好了！我們馬上籌備慶典吧！」

安娜希望這次的春日慶典能夠讓所有人留下深刻的印象。

「我們一定要換上全新的造型！」安娜興致勃勃地說。

姊妹倆回到城堡後，在房間內試了多個不同的造型，但還是覺得不滿意。

　　當安娜正在為挑選衣服而煩惱時，房間外面傳來了敲門聲。愛莎打開門一看，原來是克斯托夫來了。

　　「聽說你們準備舉辦春日慶典，有什麼地方需要幫忙嗎？」克斯托夫問。

　　「你來得正好。」愛莎說，「這次將會是一個非常盛大的慶典，快把斯特和雪寶也找來幫忙吧。」

克斯托夫很快就把斯特和雪寶帶到城堡，而且還帶來很多不同的鮮花。

　　「這些鮮花是用來做什麼的？」安娜問。

　　「在春日慶典中，當然要用上鮮花作裝飾。」克斯托夫解釋道，「我打算用它們來裝飾宴會廳呢。」

「乞⋯⋯乞嗤！」雪寶揉了揉鼻子，「為什麼我的鼻子忽然很癢呢？」

「大概是你剛才太用力嗅鮮花，不小心吸入了一些花粉才令鼻子發癢。」克斯托夫笑着說。

第二天早上，安娜和愛莎來到了馬廄。

安娜原本打算在這次慶典中，騎着愛莎當年的那匹小馬參加大巡遊，但那匹小馬已經太老，不能再騎了。

安娜走到馬廄外的草地，希望找到一匹合心意的馬。
　　走了好一會兒，她終於在池塘旁邊看見一匹高大神駿的馬
正在悠閒地散步。牠有一條長長的馬尾，看起來十分漂亮。

正當安娜為自己找到一匹漂亮的馬而高興時，沒想到那匹馬竟被石頭絆了一下，「撲通」一聲，掉進池塘裏去了！

雖然那匹馬很快便掙扎着站起來，但已經弄得狼狽不堪了。

過了一會兒，安娜遇上了另一匹馬。牠的體形十分強壯，樣子也很合安娜的心意。

「安娜，你選好馬兒了嗎？」雪寶一蹦一跳地跑過來問安娜。但安娜還未來得及回答，那匹馬已被蹦蹦跳跳的雪寶嚇着，馬上逃跑了。

不久，安娜和雪寶遇上了第三匹馬。

「你好啊！」雪寶小心翼翼地走上前跟牠打招呼道。

幸好，牠一點也不害怕雪寶，還好奇地湊近雪寶，甚至張開了口……

「小心啊！」安娜連忙拉開雪寶，原來這匹馬以為雪寶的鼻子是食物，想一口把它吃掉呢！

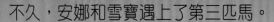

安娜感到很沮喪。

春日慶典很快就會舉行,但她始終未能找到合心意的馬,怎麼辦呢?

這時，克斯托夫和斯特也來找安娜了。
安娜把自己的煩惱告訴了克斯托夫。
克斯托夫想了一會兒，然後胸有成竹地說：
「我有辦法了！」

「斯特，安娜需要你的幫忙呢。」克斯托夫拍一拍他的好朋友斯特的頭，微笑着說。

「這主意真是太好了！」安娜期待地問，「斯特，你願意與我一起帶領王國的居民展開大巡遊嗎？」

斯特溫馴地用頭蹭了蹭安娜，表示願意。
安娜開心極了。「謝謝你，斯特！」她低下頭，親了斯特一下。

接下來，馬伕們要為斯特打扮了。
他們替斯特洗澡……
又把牠的蹄子擦亮……
然後把牠的毛髮梳理整齊……

馬伕們終於替斯特裝扮好了，斯特看起來真漂亮呢！

　　愛莎把親手編織的花環掛在斯特的脖子上，笑着說，「安娜、斯特，你們一定會是春日慶典上最美麗的主角！」

轉眼間，春日慶典的大日子來到了，居民們紛紛湧到街上看大巡遊。

巡遊隊伍十分壯觀，當中的表演項目也很豐富：有演奏着慶典樂曲的樂隊、玩雜耍的藝人、跳絲帶舞的舞者……就連雪寶也忙着沿途把雪糕送給孩子們。

在巡遊隊伍的最前方，安娜坐在斯特的背上，笑着向旁邊的圍觀者揮手。

「愛莎、克斯托夫！」安娜在人羣中看到了最親近的兩個人，不禁激動地大喊道。

愛莎和克斯托夫也笑着使勁地向着安娜揮手。

春日慶典順利結束了，所有人都玩得十分盡興。

「斯特，這次全靠你，大巡遊才能變得圓滿。」安娜感激地説。

「我們送給斯特一份禮物表示謝意，好嗎？」愛莎説。

姊妹倆心意相通，同時擁抱着斯特説：「謝謝你，斯特。」

斯特開心地笑了。